Le gros chagrin d'Edgar

Une histoire écrite par Xavier Gorce
illustrée par Yves Calarnou

LES BELLES HISTOIRES
BAYARD POCHE

De mémoire de cochon, de mémoire de canard,
jamais dans une ferme,
on n'a vu d'âne plus heureux qu'Edgar !
Car jamais dans une ferme
on n'a vu d'âne plus gâté.
Parce que le seul travail d'Edgar,
c'est manger le plus possible de chardons
dans le Grand-pré-d'en-bas.
Les chardons, Edgar, il adore ça !
Il les mange si consciencieusement*
qu'il en a gagné un bon petit bidon* bien rond
d'âne-mangeur-de-chardons.

* Ces mots sont expliqués page 30, n° 1 et n° 2.

Mais la principale raison du bonheur d'Edgar, c'est l'amour que lui porte son maître, Gaston. Car, si l'on n'a jamais vu d'âne plus heureux qu'Edgar, jamais on n'a vu de maître plus aimant que Gaston.
Tous les matins, Gaston apporte à Edgar trois ou quatre bonnes grosses carottes fraîchement cueillies.
Gaston dit : – Bonne journée, Edgar !
– HI-HAN ! répond Edgar.
Puis Gaston emmène Edgar manger ses chardons au Grand-pré-d'en-bas.

Dans la ferme,
il y a bien quelques jaloux qui disent :
– Edgar, c'est le chouchou !
Il y a bien quelques poules qui papotent,
quelques canards qui cancanent,
et quelques jars qui jasent...
Bof ! Edgar s'en moque.
Edgar est heureux, et voilà tout.

Jusqu'au jour où Gaston revient du marché
avec une dinde sous le bras.
C'est une simple petite dinde
dans son joli costume de plumes noires.
Dès qu'elle arrive à la ferme,
les poules se précipitent vers elle :
– D'où viens-tu ?
– Sais-tu jouer à gobe-caillou ?

Mais la dinde, qui s'appelle Marie-Delphine, fait la fière.
Très vite, les poules la prennent en grippe*.
– Non mais, pour qui se prend-elle, celle-là ? disent-elles.
– Marie-Delphine, quelle pimbêche !
Les jours passent,
et Marie-Delphine n'a encore adressé la parole à personne. Mais il y a pire : on s'aperçoit très vite qu'elle est la mieux nourrie de tous...

* Ce mot est expliqué page 30, n° 3.

Gaston la nourrit deux fois par jour !
Parfois, il la prend sur ses genoux
pour lui tâter les cuisses.
Il veut être sûr
qu'elle ne manque de rien.
Les poules sont furieuses !
Edgar aussi trouve
que Gaston exagère.

Pourtant Gaston n'oublie pas Edgar.
Tous les matins, il lui apporte de bonnes carottes.
Oui... mais voilà : de jour en jour, Edgar les trouve...
un peu moins juteuses,
un peu moins croquantes,
un peu moins sucrées...
Si bien qu'à la fin il les touche à peine.
Il n'arrête pas de penser
à cette idiote de Marie-Delphine,
toute fière d'être cajolée par Gaston.
Et tandis que, chaque jour, elle devient plus grasse
dans son beau costume de plumes noires,
petit à petit, Edgar perd son bon petit bidon
d'âne-mangeur-de-chardons.

Une nuit qu'il neige à gros flocons,
Edgar est réveillé en sursaut.
Il voit Gaston dans la cour de la ferme
qui court de tous côtés en criant :
– La dinde, où est donc passée
cette idiote de dinde ?

Gaston entre dans l'étable, il plonge dans la paille, il fouille, il fouille, mais il ne trouve rien.
Alors, déçu, il se confie à Edgar :
– Depuis des semaines, je bichonne* cette dinde, je l'engraisse pour la manger le soir du réveillon, et voilà que, juste la veille, paf ! elle disparaît. J'ai beau la chercher partout, elle s'est envolée !
À ces mots, Edgar comprend tout ! Il se dit :
« Comment ai-je pu me rendre malade à cause de cette malheureuse dinde ? »
D'un coup, il se sent soulagé.

* Ce mot est expliqué page 30, n° 4.

Le soir du réveillon passe... sans dinde pour Gaston.
Le lendemain, pour fêter la nouvelle année,
Gaston emmène Edgar au Grand-pré-d'en-bas.
– Ce n'est pas parce que je n'ai pas eu de dinde
que tu n'auras pas de bons chardons, lui dit-il.
Régale-toi, mon brave Edgar !
Et Edgar travaille donc à se refaire
un bon petit bidon d'âne-mangeur-de-chardons.

Mais, soudain, un drôle de sac de plumes
lui tombe dans les pattes. Marie-Delphine !
C'est bien elle, mais dans quel état !
Ses plumes sont grises et trempées,
elle grelotte de froid et de peur, et elle supplie :
– Edgar, s'il te plaît, cache-moi !
Je ne veux pas être mangée...
Et elle s'effondre, épuisée.
Edgar est stupéfait.
Est-ce cette Marie-Delphine, si fière,
qui lui parle ainsi ?

Alors, Edgar la conduit vers son étable,
et il lui fait dans la paille
une cachette bien chaude.
Il a envie de s'occuper de Marie-Delphine,
de l'aider à se refaire une santé.
Mais... que va dire Gaston ?
Voudra-t-il toujours la manger ?
En voudra-t-il à Edgar de l'avoir protégée ?

Or, ce soir-là, quand Gaston va voir son âne,
il aperçoit bien la dinde
couchée entre les pattes d'Edgar,
mais il ne cherche pas à l'attraper.
D'abord, parce que le réveillon est passé ; mais surtout,
parce qu'elle n'est plus très appétissante, cette dinde !
Gaston fronce les sourcils,
puis il sourit et dit d'un air moqueur :
– Tiens, tiens, Edgar,
tu as une nouvelle amie, à présent ?

Depuis ce jour-là,
Edgar et Marie-Delphine ne se quittent plus.
Oh, il y a bien quelques poules qui papotent,
quelques canards qui cancanent,
quelques jars qui jasent, mais Edgar s'en moque !
Car, de mémoire de cochon,
de mémoire de canard,
dans une ferme,
on n'a toujours pas vu d'âne
plus heureux qu'Edgar !

Les mots de l'histoire

1. Faire quelque chose **consciencieusement**, c'est s'appliquer à faire du mieux qu'on peut.

2. Avoir un **petit bidon**, c'est avoir un petit ventre bien rond.

3. **Prendre quelqu'un en grippe**, c'est ne plus l'aimer, au point de se sentir énervé par tout ce qu'il fait.

4. On dit qu'on **bichonne** quelqu'un quand on le soigne bien, qu'on s'occupe beaucoup de lui.

LES BELLES HISTOIRES

Le plaisir des premières histoires partagées

Se faire peur et frissonner de plaisir **Rire et sourire avec**

des personnages insolites **Réfléchir et comprendre la vie de**

tous les jours **Se lancer dans des aventures pleines de**

rebondissements **Rêver et voyager dans des univers fabuleux**

Xavier Gorce est né en 1962. *Le gros chagrin d'Edgar* est son premier texte publié car il est avant tout illustrateur, et réalise depuis quinze ans des dessins pour la presse (*Okapi, Phosphore, Elle, Marianne, Entreprise et carrières...*). Il réalise tous les jours des petites bandes dessinées en trois cases pour le site internet du journal *Le Monde*.

Yves Calarnou aime bricoler et s'amuser. Il fabrique toutes sortes de jouets pour son fils... et pour lui. Il fabrique même ses crayons ! Grand voyageur, il préfère dessiner les paysages qu'il admire, plutôt que de les prendre en photo. Il travaille depuis des années pour l'édition, la presse et la publicité.

Du même illustrateur dans Bayard Poche :
Le petit monstre - La folle course de Maman Poule (Les belles histoires)
Mille bravos pour Théo (Mes premiers J'aime lire)

Dépôt légal : janvier 2004
Loi du 16 juillet 1949 sur les publications destinées à la jeunesse

Achevé d'imprimer en juillet 2003 par Oberthur Graphique
35 000 RENNES – N° Impression : 5173
Imprimé en France